U0125253

本作品集得首屆齊魯文化英才經費資助

范正紅水墨山水寫生集

范正紅 著

西泠印社出版社

图书在版编目（CIP）数据

范正红水墨山水写生集 / 范正红著. -- 杭州 : 西泠印社出版社, 2014.12
ISBN 978-7-5508-1338-0

Ⅰ. ①范… Ⅱ. ①范… Ⅲ. ①水墨画—山水画—写生画—作品集—中国—现代 Ⅳ. ①J222.7

中国版本图书馆CIP数据核字(2014)第285263号

范正紅水墨山水寫生集

范正紅 著

出品人 江吟
責任編輯 洪華志 伍佳
責任出版 李兵
出版發行 西泠印社出版社
地址 杭州市西湖文化廣場32號E區5樓
郵編 310014
電話 0571—87243079
經銷 全國新華書店
裝幀設計 袁碩
印刷 濟南天舜彩色印刷有限公司
開本 889 mm×1194 mm 8開
印張 15.75
印數 1000冊
書號 ISBN 978-7-5508-1338-0
版次 2014年12月第1版 第1次印刷
定價 218圓

范正紅　1964 年 5 月生于山東濟寧市。現爲山東財經大學藝術學院院長、藝術研究中心主任、教授。任西泠印社理事，中國書法家協會篆刻委員會委員，中國藝術研究院篆刻院研究員、導師委員會導師；山東省政協委員；山東印社社長，山東省書法家協會副主席、篆刻委員會主任；山東畫院藝術委員會副主任、高級畫師；山東省書畫學會副會長、山東教育書法協會副主席等。范正紅崇尚深厚文化背景之下詩、書、畫、印爲一體的高妙境界，中國畫創作以山水爲主，年少時得田家珣先生悉心指導，曾大量臨習“荆關董巨”、范寬、郭熙、夏圭、黄公望、王蒙、吴鎮、倪瓚、董其昌、“四王”、“四僧”、龔賢的作品，打下了深厚的傳統筆墨基礎。范正紅認爲筆墨是中國畫的基本語言，同時以筆墨爲“語言”的寫生是創作的重要動力。在中國畫創作方面，數十年來范正紅潛心于藝術的探究，不受世俗干擾，甘守静篤，澄懷觀道，孜孜以求，以希實現自己理想的筆墨世界。

目録 》

筆意心象

——讀范正紅水墨寫生畫作

范正紅是我的老友，一位樸素而有内涵的實在人，也是難得的能够把握中國筆墨精髓的藝術家。以往大家更多關注他在書法篆刻方面的成就，但却很少知道他在繪畫方面的堅持與探索。他新近創作的水墨寫生作品，以書入畫，寫山水境界，筆墨蒼潤有度，意境簡淡空靈，書、畫、印融爲一體，追隨前人筆墨意趣，馳騁其才氣，形成了具有鮮明個性的藝術圖式。展卷品讀，游目騁懷，心境出入于筆墨隨心鋪陳的山野景色之間，獲得一種澄明朗潤的感受。

我與范正紅有心印之溝通，多年來對他的藝術創作十分關注。他從小喜歡繪畫，年少時讀書刻章之外，在對古畫的臨摹上也是下了一番功夫，從“荆關董巨”到“四王”、“四僧”等歷代名家，皆能得其要旨，融會貫通。這也是他的水墨畫作之所以看上去用筆簡括，却能够在山水詩意的表現中做到以無法爲有法，“超以象外，得其圜中”的真正緣由。范正紅有多年筆耕不輟的寫生經歷。他最樂于做的事情便是行走鄉野，尋找山川中静僻幽謐之所，對景寫意，深度體驗自然造化之美，這批具有舒朗清雋之氣的水墨作品皆是由此而來。

山水畫作，貴在有氣、有勢、有境，范正紅水墨寫生畫作的妙處正體現在這三個方面。“氣”是貫穿于范正紅水墨寫生作品的重要組成部分，它們的存在增加了物象的豐富感與細膩度。五代畫家荆浩在《筆法記》説：“畫者，畫也，度物象而取其真……似者得其形，遺其氣，真者氣質具盛。”可見氣是統合山水意境的不可缺少的因素。如果對范正紅寫生畫作作更爲深入的文本分析，或者審視其繪畫創作過程，會領悟到作品中隱于無形的“氣”，也許才是畫面的真正主體。《大窪氣息》、《溢福口晨曦》、《薄霧西鄉坪》、《太行雲蒸氣象》、《春風嶧山》、《西泠望湖》、《薄霧蓮花峰》、《靈巖寺透明山》等畫作中，那些漂浮在雲端、流動于山間、漫行在水上的，大自然呼吸吐納所形成的氣息，無形無色，但祇要你入境之中，便能感受到它們的存在。在宇宙生化的氛圍中，在一筆一畫之間，人人皆可静觀自照，體會一種天人合一、托體同山阿的超邁情懷。

“勢”是人格化的山水意象審美品格的内在靈魂，體現的是畫家的一種氣度和格局。范正紅畫作的“勢”，來自他對山水真境的筆墨感受和位置經營。畫作中的沉雄博大的山水意象，是人與景相遇瞬間産生的激越情感的記録，或曰雄闊，或曰險峻，或曰靈秀，這些由“勢”而生的審美感受，是對造化之美的高度歸納和概括。《泰山傲徠峰》、《黄山九龍瀑》、《大窪秋山》、《大峡谷懸崖居》、《挂壁公路》、《郭家莊谷口山色》這些作品，盡管尺幅並不大，但氣象大，似乎咫尺之内囊括萬物。范正紅將體驗到的山水意象統一于情感表達之中，並自然地形成了由“勢”統馭的畫面整體感，帶給觀者一種鮮明的筆墨感受。

范正紅畫“境”中蒼潤兼具的筆墨韵味，也反映了他書家作畫所形成的獨特美學品格。多年的書法和篆刻經驗使得范正紅對筆墨語言及内涵的把握具有高度的自信，所以，他能筆走龍蛇，將内心激越的情感埋藏在山水的肌膚之下，體現出一種强烈的自我意識和純粹的美學追求。張仃先生稱自己的焦墨山水畫作是爲素食愛好者準備的“全素齋”，范正紅的水墨寫生畫作也是如此。他純以水墨色入畫，因爲素而愈顯其純，因爲純而愈顯其静，這種單純、静氣、雅致的筆墨味道，在當今充滿浮躁之氣的畫壇顯得尤其彌足可貴。

讀范正紅的水墨寫生畫作，畫跋與印章是其特色。范正紅的畫跋文風典雅清麗，往往寥寥文字便能勾勒出呼應畫面内容的山水風貌意境，同時又抒寫了畫外之意，形成書畫印高度統一的作品風格。范正紅幾乎每幅畫作都有畫跋，有的是記録景物的感悟，如《秀峻回龍山》跋曰，“漿水泉之上，回龍山。其勢秀峻，今對坐寫其姿也”；《泰山南麓》跋曰，“泰山南麓有此小嶺，蒼而透靈，氣息不凡也”；《靈巖夕照》跋曰，“甲午暮春，空氣静而秀焉，對坐此峰寫之”。有的是記録觀景時的情形或感受，增加了臨境寫生的現場感，如《黄山鳳凰源寫真》，“甲午春雨後，瀑勢勁猛，聲喧震谷。”有的是記録景物之人文内涵，如《尼山夫子洞》、《嶧山側望》、《穆柯寨山峰》等畫作的畫跋，循着自然風光撫今追昔，回溯歷史。題跋于畫面筆墨之間以書法記録創作體驗，書與畫相得益彰，也體現了畫家獨特的藝術旨趣。作爲一位有書法篆刻造詣的大家，范正紅自幼便痴迷篆刻，現任山東印社社長，是西泠印社成員，因此對印章的理解與使用有其獨特之處。他的畫印立意布局往往兼顧了畫面節奏感與韵律感，又能够與寫生意境相得益彰，是個人畫風的延伸。如“風景麗”、“慶雲興”、“散也”、“湛然”、“泠然”等印章，與寫生作品互爲補充，成爲畫家心境的精確記録與表達。

孔子云：“仁者樂山，智者樂水。”作爲“孔孟故里人”的范正紅，是一位深具山水情懷的藝術家。他認爲，筆墨與現實的結合是中國畫藝術語言的真正源泉，單純沉浸在筆墨中畫面易流于空泛，祇寫生没有感悟則缺乏韵味，兩者兼具才能真正獲得筆精墨妙的藝術味道。筆墨如何才能從傳統中生發出來？靠的就是觀察生活而超越現實的累積。正是這種對藝術、對生活、對自然的審美認知，范正紅師古人之心，而不因循古人之迹，以心中化育出的名山秀水作爲創作對象，用筆墨捕捉即時經驗悟到的心理感受，筆性中正清和，充滿清新之氣，將水墨精神發揮得淋漓盡致。

在當代水墨的探索中，范正紅是一位堅定的行者。寫生畫作《大窪秋景》右下方鈐有一方刻有“秦吉了”三字的方章，透漏了這位藝術家傳承守護中國畫筆墨精神、執著求索的心迹。“秦吉了”是陝中方言對八哥的稱呼。李白有詩，“安得秦吉了，爲人道寸心”。范正紅的水墨山水寫生作品結集出版，爲美術界提供了一個集中欣賞書家之繪畫、品讀水墨寫生作品的交流機會。願范正紅在藝術創新的道路上能覓得更多的知音，贏得更多的同道。

是爲序。

潘魯生（山東省文聯主席、博士、教授、博士生導師）

甲午寒露于歷山作坊

大窪秋景

（作品局部）

款識：

大窪秋景，壬辰秋日對景實寫焉。
范正紅。

鈐印：

范正紅（白文）
孔　陽（朱文）
敝則新（朱文）
心　畫（朱文）
秦吉了（白文）

尺寸：

47.5x59cm

大窪秋景 47.5x59cm

大窪峻嶺 43x58.5cm

山窪秋山

（作品局部）

款識：

山窪秋山實寫，
臨近中午欲歸餐之際速寫此幅也。
壬辰秋日于大窪。
范正紅。

鈐印：

范正紅（白文）
孔　陽（朱文）
心　畫（朱文）

尺寸：

43x57cm

山窪秋山 43x57cm

大窪南山

（作品局部）

款識：

大窪之鬼谷子村南行，
山石佳好，
對坐實寫之焉。
歲在壬辰秋日于大窪，
古任城人，
范正紅。

鈐印：

范正紅（白文）
孔　陽（朱文）
心　畫（朱文）
實　在（白文）
散　也（朱文）

尺寸：

47x55cm

大窪南山 47x55cm

萬順山莊

（作品局部）

款識：

大窪有題“萬順山莊”處，
秋色佳好，
實景寫之，
壬辰秋日，
范正紅。

鈐印：

范正紅（白文）
孔　陽（朱文）
心　畫（朱文）

尺寸：

46x55cm

萬順山莊 46x55cm

東山書院東望

（作品局部）

款識：

東山書院東望，
壬辰秋日于鬼谷子村，
范正紅。

鈐印：

范正紅（白文）
孔　陽（朱文）
心　畫（朱文）

尺寸：

43x60cm

東山書院東望 43x60cm

東山書院西望

（作品局部）

款識：

東山書院西望，
歲在壬辰秋日于大窪鬼谷子村，
東山書院門前，
孔孟故里人，
范正紅寫。

鈐印：

范正紅（白文）
孔　陽（朱文）
虛　白（朱文）

尺寸：

42x61cm

東山書院西望 42x61cm

大窪氣息

（作品局部）

款識：

壬辰秋日，
携同學于大窪寫生，
此乃暮色之所宿
對面之山景也；
時山色與氣息皆佳好。
范正紅。

鈐印：

范正紅（白文）
孔　陽（朱文）
心　畫（朱文）
敝則新（朱文）
秦吉了（白文）

尺寸：

47x52cm

大窪氣息 47x52cm

西鄉坪寫生

（作品局部）

款識：

太行大峽谷之西鄉坪寫生。
癸巳秋，
范正紅。

鈐印：

范正紅（白文）
孔　陽（朱文）
嘉　禾（白文）

尺寸：

50x50cm

西鄉坪寫生 50x50cm

益福口晨曦

（作品局部）

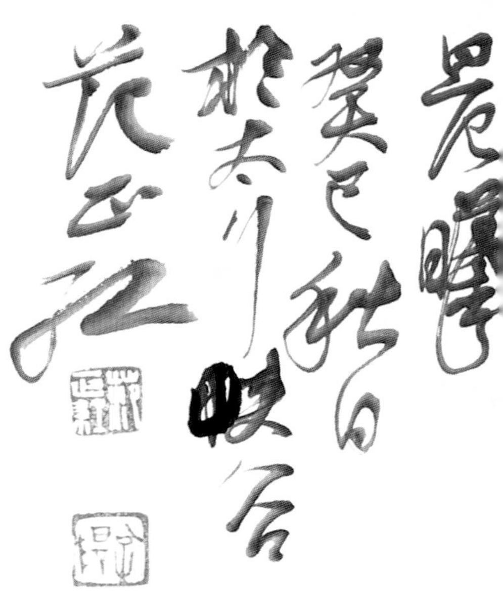

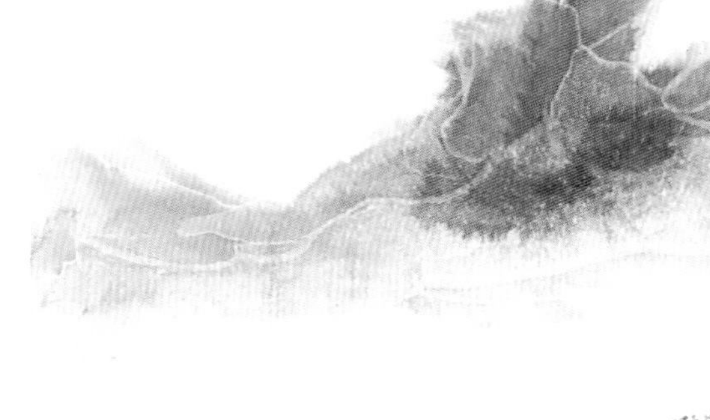

款識：

益福口晨曦，
癸巳秋日于太行峡谷。
范正紅。

鈐印：

范正紅（白文）
孔　陽（朱文）
心　畫（朱文）
鹿　鳴（朱文）
湛　然（白文）

尺寸：

50x50cm

益福口晨曦 50x50cm

大峽谷之平湖

（作品局部）

款識：

太行山大峽谷之平湖。
歲在癸巳立冬于西鄉坪，
范正紅寫。

鈐印：

范正紅（白文）
孔　陽（朱文）
心　畫（朱文）
嘉　禾（白文）
湛　然（白文）

尺寸：

50x50cm

大峡谷之平湖 50x50cm

薄霧西鄉坪

（作品局部）

款識：

薄霧中太行大峽谷之西鄉坪山景對寫。
癸巳秋，
范正紅。

鈐印：

范正紅（白文）
孔　陽（朱文）
心　畫（朱文）
嘉　禾（白文）
樂之者（白文）

尺寸：

50x50cm

薄霧西鄉坪 50x50cm

太行郭莊山景

（作品局部）

款識：

太行山大峡谷石板巖鄉郭莊之對面峭壁也。
癸巳暮秋，
范正紅寫。

鈐印：

范正紅（白文）
孔　陽（朱文）
心　畫（朱文）
嘉　禾（白文）
湛　然（白文）

尺寸：

50x50cm

太行郭莊山景 50x50cm

西鄉坪水庫

（作品局部）

款識：

太行山大峽谷景色秀麗，
此其中之西鄉坪平湖水庫也，
歲在癸巳年立冬之後，
山左孔孟故里人，
古任城，
范正紅。

鈐印：

范正紅（白文）
孔　陽（朱文）
雙吉魚（朱文）

尺寸：

50x50cm

西鄉坪水庫 50x50cm

郭莊寫意

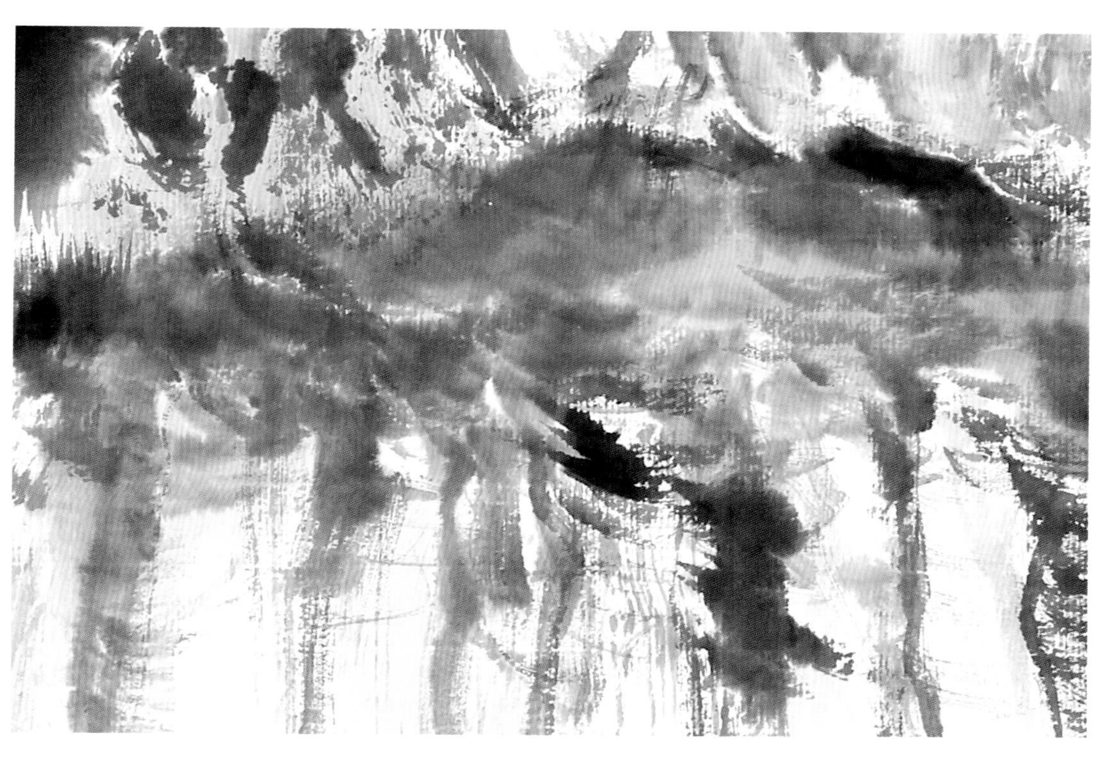

（作品局部）

款識：

太行山大峽谷郭莊對面之山，
今快筆寫其意也。
癸巳秋，
范正紅。

鈐印：

范　正　紅（白文）
孔　　　陽（朱文）
心　　　畫（朱文）
嘉　　　禾（白文）
得失兩開顏（朱文）

尺寸：

42x56cm

郭莊寫意 42x56cm

懸崖居之淵潭

款識：（作品局部）

太行山大峽谷懸崖居之淵潭也。
癸巳立冬，
范正紅。

鈐印：

范正紅（白文）
孔　陽（朱文）
鹿　鳴（朱文）
嘉　禾（白文）
龢其光（朱文）

尺寸：

50x50cm

懸崖居之淵潭 50x50cm

太行山桃花谷

（作品局部）

款識：

太行石板巖鄉桃花谷所宿之晨山也。
癸巳立冬，
范正紅寫。

鈐印：

范正紅（白文）
孔　陽（朱文）
湛　然（白文）

尺寸：

50x50cm

太行山桃花谷 50x50cm

郭家莊小景

（作品局部）

款識：

太行山大峽谷石板巖鄉郭家莊小景也。
歲在癸巳立冬矣。
范正紅寫。

鈐印：

范正紅（白文）
孔　陽（朱文）
心　畫（朱文）

尺寸：

50x50cm

郭家莊小景 50x50cm

大峽谷懸崖居

（作品局部）

款識：

太行大峽谷懸崖居，
癸巳立冬，
范正紅。

鈐印：

范正紅（白文）
孔　陽（朱文）
雙吉魚（朱文）

尺寸：

50x50cm

大峡谷懸崖居 50x50cm

挂壁公路峭壁

（作品局部）

款識：

太行山挂壁公路之入口處千仞峭壁。
癸巳立冬，
正紅寫。

鈐印：

范正紅（白文）
孔　陽（朱文）
心　畫（朱文）
嘉　禾（白文）
樂之者（朱文）

尺寸：

50x50cm

挂壁公路峭壁 50x50cm

太行雲蒸氣象

（作品局部）

款識：

太行山大峽谷有挂壁公路，
其勢震撼。
此爲公路對面之雲蒸氣象也。
癸巳暮秋，
范正紅寫。

鈐印：

范正紅（白文）
孔　陽（朱文）
心　畫（朱文）
嘉　禾（白文）
穌其光（朱文）

尺寸：

50x50cm

太行雲蒸氣象 50x50cm

郭莊谷口山色

（作品局部）

款識：

太行山大峽谷山中，
石板巖鄉郭家莊村頭之谷口。
向裏所望美景也。
癸巳秋末，
范正紅寫。

鈐印：

范正紅（白文）
孔　陽（朱文）
心　畫（朱文）
嘉　禾（白文）
湛　然（白文）

尺寸：

50x50cm

郭莊谷口山色 50x50cm

桃花谷瀑流

（作品局部）

款識：

太行山大峽谷中，
桃花谷有此瀑流，
即寫之也。
歲在癸巳暮秋，
正紅。

鈐印：

范正紅（白文）
孔　陽（朱文）
鹿　鳴（朱文）

尺寸：

50x50cm

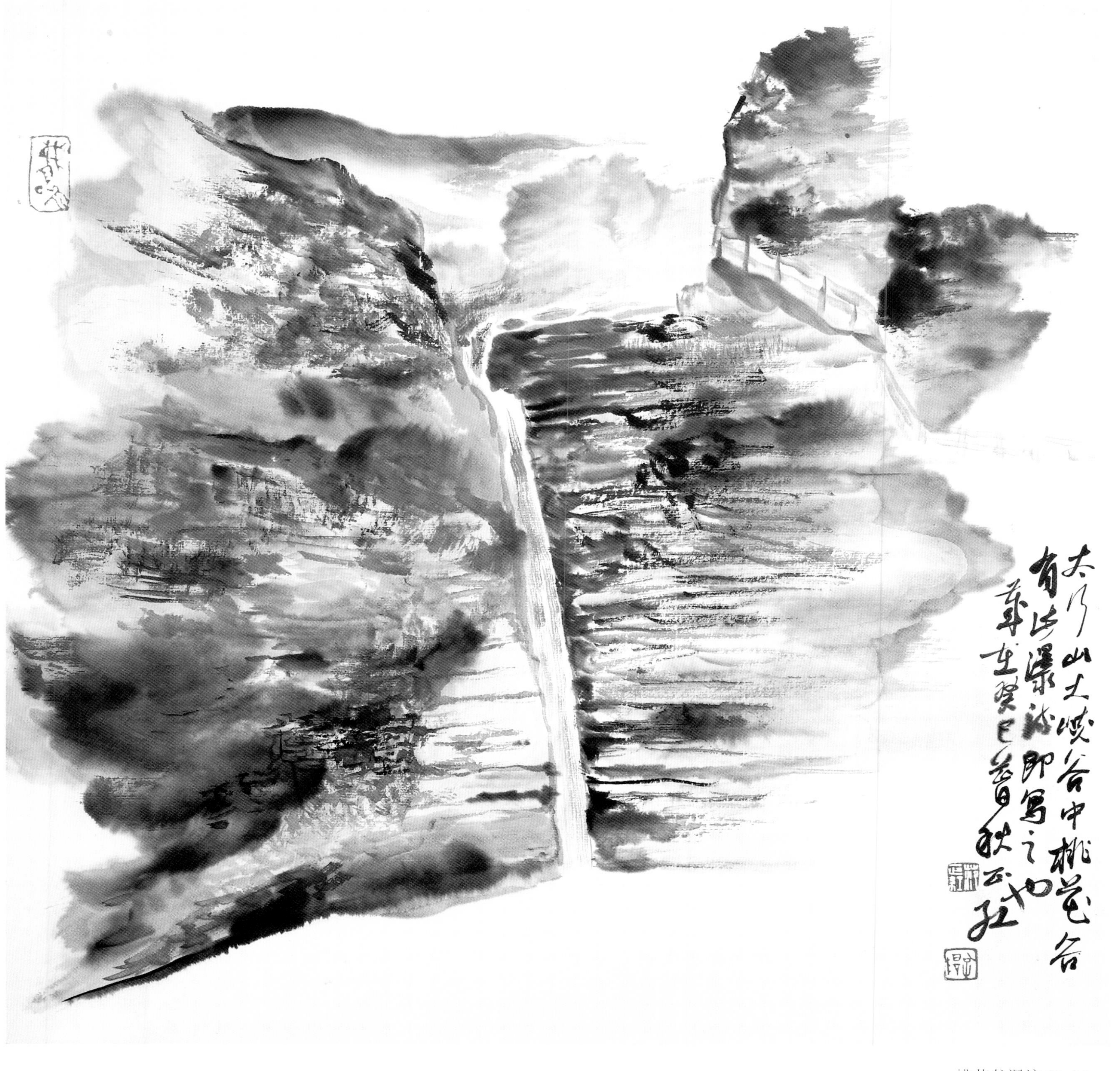

桃花谷瀑流 50x50cm

毛澤東韶山故居

（作品局部）

款識：

毛澤東同志故居。
歲在癸巳冬，
二零一三年十二月十四，
寫此實景于韶山。
孔孟故里人，
范正紅。

鈐印：

范正紅（白文）
孔　陽（朱文）
彊其骨（白文）

尺寸：

42x56cm

毛澤東韶山故居 42x56cm

韶山沖外眺

（作品局部）

款識：

韶山沖外眺之景也，
延安之寶塔移意而建于毛主席故里，
尤使人矚目。
癸巳冬日實寫之，
范正紅。

鈐印：

范正紅（白文）
孔　陽（朱文）
志于道（白文）

尺寸：

42x56cm

韶山冲外眺 42x56cm

嶽麓山愛晚亭

款識：

嶽麓山愛晚亭。
歲在癸巳年冬日于長沙寫之。
古任城，
范正紅。

鈐印：

范　正　紅（白文）
孔　　陽（朱文）
心　　畫（朱文）
嘉　　禾（白文）
得失兩開顏（朱文）

尺寸：

42x56cm

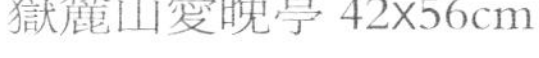

嶽麓山愛晚亭 42x56cm

劉少奇故居

（作品局部）

款識：

劉少奇故居位于花明樓風景絶佳處，
樹木葱鬱蒼翠，
門前塘水清漪，
氣息茂然。
家中有居室可以廿計，
農具齊全，
迺大户也。
今對寫之。
癸巳冬日孔孟故里人，
范正紅。

鈐印：

范正紅（白文）
孔　陽（朱文）
志于道（白文）

尺寸：

42x56cm

劉少奇故居 42x56cm

磨鏡臺蒼松

（作品局部）

款識：

南嶽衡山之麓，
有磨鏡臺，
有蒼松姿態虬美，
甚是可觀也，
今寫之，
歲在癸巳冬日于衡山之下。
山左孔孟故里人，
范正紅。

鈐印：

范正紅（白文）
孔　陽（朱文）
穌其光（朱文）

尺寸：

42x56cm

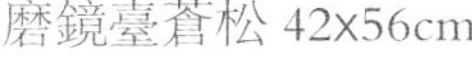

磨鏡臺蒼松 42x56cm

憑祥山景

（作品局部）

款識：

癸巳歲杪，
往廣西南寧參加篆刻館開館之際，
至憑祥中越邊境友誼關觀覽邊貿交易城，
旁有此山景，寫之以記，
范正紅。

鈐印：

范正紅（白文）
孔　陽（朱文）
彊其骨（白文）

尺寸：

42x56cm

憑祥山景 42x56cm

東望嶽頂

（作品局部）

款識：

岱東天燭峰路途，遥望泰山極頂。
歲在甲午春日，
臨坐實寫之焉。
孔孟故里人也，
范正紅。

鈐印：

范正紅（白文）
孔　陽（朱文）
鹿　鳴（朱文）

尺寸：

50x50cm

東望嶽頂 50x50cm

岱嶽東麓山景

（作品局部）

款識：

岱嶽東麓之山景也。
甲午春日實寫之。
古任，
范正紅。

鈐印：

范正紅（白文）
孔　陽（朱文）
瑞　翔（朱文）

尺寸：

50x50cm

岱嶽東麓山景 50x50cm

岱麓山村

（作品局部）

款識：

岱麓山村，
此爲往天獨峰道上之景也。
甲午春，
范正紅寫生。

鈐印：

范正紅（白文）
孔　陽（朱文）
虛其心（朱文）

尺寸：

50x50cm

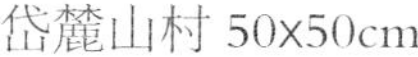

岱麓山村 50x50cm

東嶽天燭峰

（作品局部）

款識：

東嶽天燭峰之春。
甲午三月于泰山東御道北寫此景也。
古之任城，
范正紅。

鈐印：

范正紅（白文）
孔　陽（朱文）
泠　然（朱文）

尺寸：

50x50cm

東嶽天燭峰 50x50cm

麻塔南望岱頂

（作品局部）

款識：

泰山之陰，
麻塔村南望岱頂。
時在甲午年之春日，
對景實寫之也。
范正紅。

鈐印：

范正紅（白文）
孔　陽（朱文）
彊其骨（白文）
瑞　翔（朱文）
嘉　壽（白文）

尺寸：

50x50cm

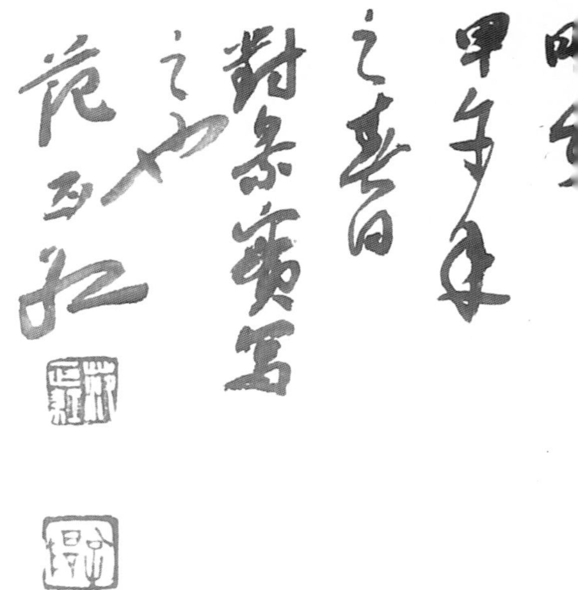

麻塔南望岱頂 50x50cm

泰山南麓

（作品局部）

款識：

泰山南麓有此小嶺，
蒼而透靈，
氣息不凡也。
甲午春對寫之。
范正紅。

鈐印：

孔陽所爲（朱文）
鹿　　鳴（朱文）
以寫我心（白文）

尺寸：

50x50cm

泰山南麓 50x50cm

泰山傲徠峰

（作品局部）

款識：

東嶽泰山之傲徠峰，
有雄視天東之勢；
今相對寫其姿也。
甲午春日，
古任城，
范正紅。

鈐印：

范正紅（白文）
孔　陽（朱文）
瑞　翔（朱文）
嘉　壽（白文）
虛其心（朱文）

尺寸：

50x50cm

泰山傲徕峰 50x50cm

泰山西側

（作品局部）

款識：

暮色中，
泰山西側之山峰也。
歲在甲午春日，
范正紅寫。

鈐印：

范正紅（白文）
孔　陽（朱文）
瑞　翔（朱文）
嘉　壽（白文）
彊其骨（白文）

尺寸：

50x50cm

泰山西側 50x50cm

春日嶧山

（作品局部）

款識：

春日嶧山。
歲在甲午五一暇日，
寫于嶧山南麓，
時逢天朗氣清也。
范正紅。

鈐印：

范正紅（白文）
孔　陽（朱文）
鹿　鳴（朱文）

尺寸：

50x50cm

春日嶧山 50x50cm

嶧山側望

（作品局部）

款識：

嶧山側望，
史載秦始皇東巡，
曾登臨此山，
留有嶧山刻石量功，
其名大顯，
可謂齊魯名山也。
嶧山與衆不同之處，
在其石，
大塊孤石自然排叠，
宛若壘砌，令人難忘。
甲午春，
臨坐對寫其側峰。
范正紅。

鈐印：

范 正 紅（白文）
孔　　陽（朱文）
上善若水（白文）

尺寸：

50x50cm

嶧山側望 50x50cm

崕山一隅

（作品局部）

款識：

勁風中寫鄒城崕山之一隅。
歲在甲午春日。
范正紅。

鈐印：

范正紅（白文）
孔　陽（朱文）
嘉　壽（白文）

尺寸：

50x50cm

崖山一隅 50x50cm

春風嶧山

（作品局部）

款識：

春風嶧山，鬥鷄臺水庫南望嶧山之左峰焉。
甲午春日，
范正紅。

鈐印：

范正紅（白文）
孔　陽（朱文）
鹿　鳴（朱文）

尺寸：

50x50cm

春風嶧山 50x50cm

嶧山之陰

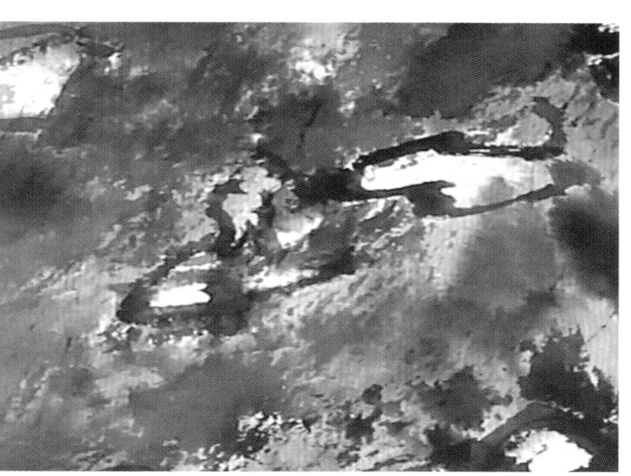

（作品局部）

款識：

嶧山之陰。
歲在甲午春日，
臨風對坐寫之。
范正紅。

鈐印：

范正紅（白文）
孔　陽（朱文）
鹿　鳴（朱文）

尺寸：

50x50cm

峄山之阴 50x50cm

尼山夫子洞

款識：　　　　（作品局部）

《史記·孔子世家》載曰：孔子生魯昌平鄉陬邑，當爲今之曲阜市東南隅南辛鎮魯源也。其地有丘嶺連綿；中間者名曰尼山；此山東麓有淺穴，據説孔子即誕于其中，故名曰“夫子洞”；今可謂聖迹焉。余嘗多次瞻仰，現寫之。歲在甲午年春，孔孟故里人，范正紅。

鈐印：

范 正 紅（白文）
孔　 陽（朱文）
鹿　 鳴（朱文）
思 無 邪（白文）
見得思義（朱文）

尺寸：

50x50cm

尼山夫子洞 50x50cm

石門山山色

款識：

（作品局部）

曲阜城北廿餘里處，與寧陽交界附近，有石門山，樹木葱蘢蒼翠，山色靈潤。余三十年前，嘗探幽其間，尋東塘先生隱居之遺址，觀石門寺殘留之舊迹，宛若昨日焉。今臨其山下寫此景也。歲在甲午春日，古任城，范正紅。

石門山不單景色秀麗，人文可謂薈萃，孔尚任隱于此，李白、杜甫飲別于此，皆爲此山增色也。又有一説孔子曾于山中撰《易經》之繫辭，則屬無據訛傳焉。甲午春日正紅又識。

鈐印：

范正紅（白文）
孔　陽（朱文）
鹿　鳴（朱文）
正　紅（白文）
嘉　壽（白文）

尺寸：

50x50cm

石門山山色 50x50cm

石門寺南山

（作品局部）

款識：

曲阜石門山對面之景，
歲在甲午年春日寫此實景，
孔孟故里人，
范正紅。

鈐印：

范正紅（白文）
孔　陽（朱文）
鹿　鳴（朱文）

尺寸：

50x50cm

石門寺南山 50x50cm

迴龍山山景

（作品局部）

款識：

濟南漿水泉，
在山東財大燕山校區南面不遠處，
往裏深走有迴龍山，
景色佳好，
今對之寫其實也。
甲午春日范正紅。

鈐印：

范正紅（白文）
孔　陽（朱文）

尺寸：

44.5x63cm

迴龍山山景 44.5x63cm

漿水泉水庫山景

（作品局部）

款識：

漿水泉水庫西側之山景也，
山財大近處竟有此脫塵之處，實出意外焉。
今中午尋吃飯之所，
得遇此景，
餐罷即寫之。
歲在甲午年之春，
孔孟故里人，
古任城，
范正紅。

鈐印：

范正紅（白文）
孔　陽（朱文）

尺寸：

44.5x63cm

漿水泉水庫山景 44.5x63cm

西泠望湖

（作品局部）

款識：

西泠印社位于杭州孤山之上，
實屬西湖風景絶佳處，
余治印于兒時，
不惑之年得列西泠之門，
乃有常至孤山覽勝論印之緣。
甲午春日携同儕同學觀"守望千年"書畫展之際，
登臨孤山寫西湖之境，
正紅。

鈐印：

范正紅（白文）
孔　陽（朱文）
鹿　鳴（朱文）

尺寸：

50x50cm

西泠望湖 50x50cm

西泠佳景

（作品局部）

款識：

西泠佳景，
歲在甲午年春日，
登臨孤山寫此西泠塔影，
孔孟故里人，
范正紅。

鈐印：

范正紅（白文）
孔　陽（朱文）
鹿　鳴（朱文）

尺寸：

50x50cm

西泠佳景 50x50cm

秀峻迴龍山 44.5x63cm

黄山鳳凰源

（作品局部）

款識：

黄山鳳凰源寫真，
甲午春，
雨後瀑勢勁猛，
聲喧震谷。
范正紅。

鈐印：

范正紅（白文）
孔　陽（朱文）
慶雲興（白文）

尺寸：

50x50cm

黄山鳳凰源 50x50cm

黄山光明頂

（作品局部）

款識：

黄山之上光明頂，
甲午四月，
登黄山逢大霧，
遠景皆不得見，
臨坐光明頂，
側寫此近景，
孔孟故里人，
古任城，
范正紅。

鈐印：

范正紅（白文）
孔　陽（朱文）
鹿　鳴（朱文）

尺寸：

44.5x63cm

黄山光明頂 44.5x63cm

黄山九龍瀑

（作品局部）

款識：

黄山之側九龍瀑第一級也。
甲午春，
對臨寫之，
范正紅。

鈐印：

范正紅（白文）
孔　陽（朱文）
鹿　鳴（朱文）

尺寸：

50x50cm

黄山九龍瀑 50x50cm

黄山始信峰

（作品局部）

款識：

黄山始信峰。
歲在甲午年春，
孔孟故里人，
古任城，
范正紅寫之也。

鈐印：

范正紅（白文）
孔　陽（朱文）
風景麗（朱文）

尺寸：

50x50cm

黄山始信峰 50x50cm

薄霧蓮花峰

（作品局部）

款識：

薄霧之中觀黄山蓮花峰，
甚有水墨之趣焉。
歲在甲午春日，
孔孟故里人，
范正紅。

鈐印：

范正紅（白文）
孔　陽（朱文）
慶雲興（白文）

尺寸：

50x50cm

薄霧蓮花峰 50x50cm

靈巖夕照

（作品局部）

款識：

靈巖夕照。
甲午暮春，
空氣静而透焉。
對坐此峰寫之。
范正紅。

鈐印：

范正紅（白文）
孔　陽（朱文）
風景麗（朱文）

尺寸：

50x50cm

靈巖夕照 50x50cm

靈巖秀頂

（作品局部）

款識：

靈巖秀頂。
靈巖寺迺東嶽之陰，
千年古刹，蒼巖叠翠，
實屬靈氣充盈之地也。
今臨其山門對面，
寫背後秀峰。
甲午春，
范正紅。

鈐印：

范正紅（白文）
孔　陽（朱文）
風景麗（朱文）

尺寸：

50x50cm

靈巖秀頂 50x50cm

穆柯山
麓南望
大門石
之山景也

大門牙山景 44.5x63cm

靈巖寺透明山

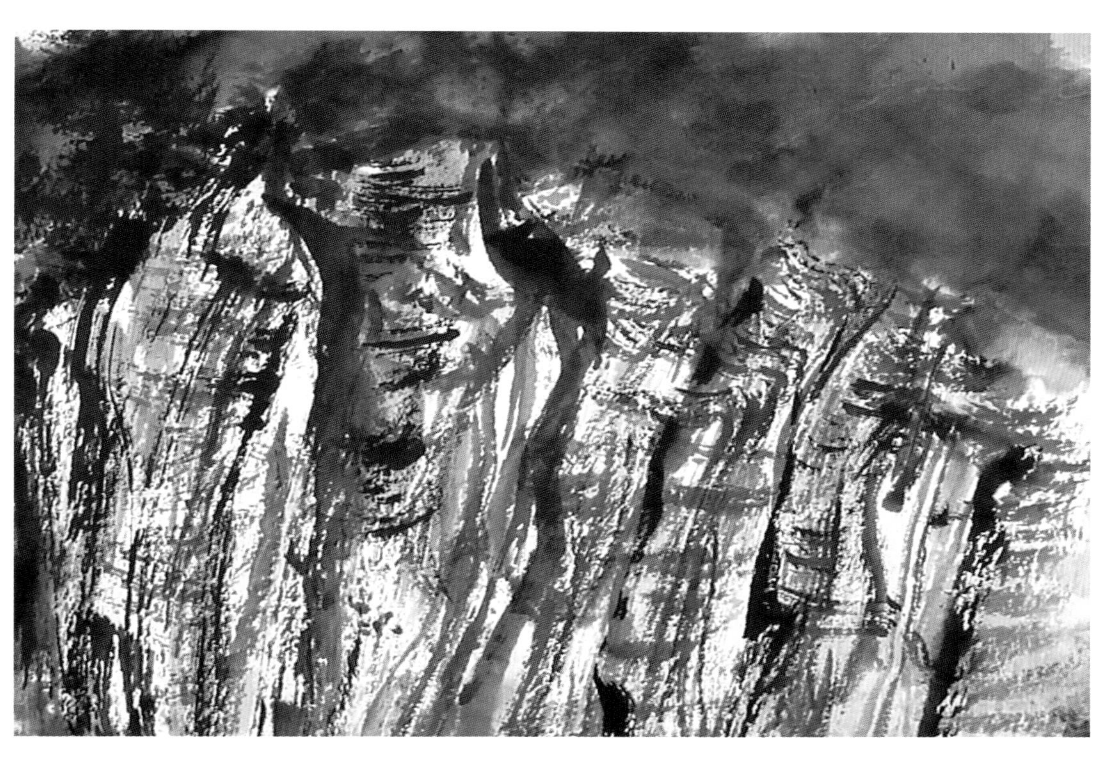

（作品局部）

款識：

靈巖寺之陽有此山，
名曰透明山。
據説中有一洞穿越前後，
名曰明孔洞。
今在夕陽下山之際實寫之。
甲午春，
孔孟故里人，
古任，
范正紅。

鈐印：

范正紅（白文）
孔　陽（朱文）
風景麗（朱文）

尺寸：

50x50cm

靈巖寺之陽有此山名曰透明山據說中有一洞穿越前後名曰明孔洞今在夕陽下山之際實寫之甲午春孔孟故里人李恒范正紅

靈巖寺透明山 50x50cm

穆柯寨山峰

（作品局部）

款識：

穆柯寨之峰也，
泉城南部有仲宮鎮，
迺漢代終軍故里，
群山茂秀，處處可觀。
映以錦秀川卧虎山水庫，
衆多河川水色；
其中，大門牙村位于群山環抱之内，
背後諸峰峻峭雄勢，
傳穆柯寨即劄其下。
今實寫之。
甲午初夏，
古任，
范正紅。

鈐印：

范 正 紅（白文）
孔　 陽（朱文）
以寫我心（白文）

尺寸：

50x50cm

穆柯寨山峰 50x50cm

後記

關于國畫的創作，本人非常重視對傳統的理解和認識，特別是對筆墨意蘊的把握。但如何向前發展是我近些年來時常思考的問題。我以爲對傳統的不斷積累是必要的基礎，是創作的前提，而在生活中、在真山真水中尋找創作的靈感和源泉應是探索新路的有效途徑。基于此，近兩年總是尋找時間多去寫生，這個集子即是直接寫生的墨稿。反映了我摹寫山川形勝之迹的藝術感悟和心緒。

此寫生集的出版承蒙山東省委宣傳部首届齊魯文化英才項目經費資助，省文聯潘魯生主席身爲全國政協委員、山東工藝美術學院的院長，肩負指導博士等教學工作，同時兼任中國藝術研究院、中國美協等重要工作職務，百忙之中爲之作序，在此深表感謝！本集的編輯、裝幀設計、版式、聯絡由袁碩、徐淑潔二君不辭辛勞完成，宋述林、李峰二君對文稿内容進行了校閲，安偉先生對作品進行拍攝，山東財經大學外國語學院李毅院長對本集英文名稱進行了勘定，在此一並感謝！

西泠印社出版社江吟社長，許永偉先生爲此集的出版印刷給予支持，在此謝忱！

在此還要感謝一並外出寫生的家人、師友，以及領導和同事們的支持和幫助！

范 正 紅

甲午初秋于泉城 山印草堂